AF279549

Kurts Kurzgeschichten Band IV

Geschichten aus dem Leben

Menschen erleben tagtäglich Geschichten. Aufregende, beruhigende, überraschende, schöne oder unschöne. Es passiert viel zu jeder Zeit, Tag und Nacht, hier und da, nah und fern. Im Urlaub, im Job, in der Wohnung oder auf der Straße vor der eigenen Haustür. Überall dort, wo Menschen unterwegs sind, ist die Welt voll mit Geschichten.

Kurts Kurzgeschichten IV unterhält die Leser*innen mit Geschichten, die jedem Menschen begegnen können.

Die persönliche Übersicht

Kurt Schmitz, Jahrgang 1966, unterhält mit seinen Geschichten seit vielen Jahren große und kleine Leserinnen und Leser.

Alles begann mit unterhaltsamen Kurzgeschichten zu Weihnachten, in denen Zimtsterne, Weihnachtskugeln und Krippenfiguren von ihm zum Leben erweckt wurden. *Verschmitzte Weihnachten* erfreut seit 2004 Groß und Klein, Jung und Alt und ist inzwischen auf drei Ausgaben angewachsen.

Bei den Kurzgeschichten aus *Tierische Weihnachten* dreht sich auch wieder alles um die festlichste Zeit des Jahres, aber diesmal handeln die Geschichten von Hund und Katze, Maus und Co.

2018 erschien das erste Band *Kurts Kurzgeschichten*. Lustige und auch mal zum Nachdenken anregende, alltägliche Geschichten aller Art erfreuen viele Leserinnen und Leser, so dass Band II und III nicht lange auf sich warten ließen.

Während es sich bei allen Geschichten von Kurt Schmitz bisher um Kurzgeschichten handelte, erschien Ende 2020 das Buch: *Wie Walther sein h verlor*. Über diese fast 300 Seiten guter Unterhaltung freut sich eine breite Leserschaft jeden Alters.

Inhalt

Die Stimme

Es war noch recht früh am Morgen, als ich mich auf den Weg zur U-Bahn machte.

Ich verließ das Haus, lief ein Stück meine Straße entlang und bog um die Ecke, in der seit längerer Zeit in einem großen Gebäude eine Grundsanierung stattfindet.

Baumaterial lag vor dem Gebäude, natürlich abgesichert mit Zäunen, Holzbalken und große Steinplatten, Säcke mit Zement, ein großer Berg mit Sand, aber auch zwei mobile Toilettenhäuschen für die Bauarbeitenden. Des Weiteren standen dort auch ein kleiner Bagger und weitere Gegenstände, die ich nicht namentlich benennen kann. Es ist jedenfalls eine sehr große Baustelle, die sich auf meinem Weg zur U-Bahnhaltestelle längs meines Weges in den letzten Wochen aufgetan hat. Es gibt wohl eine ganze Menge zu sanieren.

Wenn ich mich morgens früh auf den Weg zur U-Bahn mache, ist es auf den Straßen noch immer sehr leer. Kaum eine Menschenseele ist zu sehen, hier und da vielleicht mal eine Person, die mit dem Hund spazieren geht. Vielleicht mal eine Joggerin oder ein Jogger. In der Regel ist es aber immer noch sehr ruhig zu dieser frühen Tageszeit.

Diesen Morgen war das jedoch anders. Als ich auf die Baustelle zukam, hörte ich eine laute Stimme. „Wow", dachte ich mir, „die haben schon angefangen zu arbeiten. Aber klar, die Baustelle musste ja auch aufgeschlossen werden." Ich wunderte mich also zunächst nicht weiter.

Als ich an der Baustelle vorbeilief, hörte ich die Stimme immer lauter. Es klang nach einem Telefonat. Die Stimme war mit jedem Schritt deutlicher zu hören, aber ich konnte niemanden sehen.

Sehr merkwürdig. Ich schaute mich um. Niemand war in meiner Nähe.

Dann hörte ich die Stimme noch lauter. Ich drehte mich in die Richtung, aus der sie kam und sah die beiden mobilen Toiletten. Mein Blick fiel auf die Türverriegelungen. Eines der Drehschlösser zeigte Grün. Dort konnte sich also niemand drin befinden. Bei der zweiten Toilette war das Schloss der Verriegelung jedoch auf Rot umgestellt worden. Hierin hatte es sich also jemand gemütlich gemacht ... und telefonierte ...

Ich lachte. „Warum nicht", dachte ich mir. „Manche Telefonate müssen halt dringend geführt werden, so wie manch andere Dinge eben manchmal auch unbedingt sofort erledigt werden müssen. Da kann das stille Örtchen auch ruhig mal zum hörbaren Örtchen werden ..."

Jogging

Sportlich angezogen stand einer meiner WG-Mitbewohner eines morgens in der Küche. „Wo willst du denn schon hin?", fragte ich ihn, als ich die Küche betreten hatte. „Ich komme gerade zurück", sagte er etwas aus der Puste. „Ich war joggen." Bewundernd schaute ich ihn an. Joggen ist eine Sportart, die ich toll finde und die ich auch gerne machen würde. Aber irgendwie habe ich keine Ausdauer dazu. Ich habe es tatsächlich ein paarmal versucht, aber der Funke springt irgendwie nicht über. Im Sportstudio ging ich öfter auf das Laufband, aber das ist sicher etwas anderes.

Er erzählte mir, dass er eine schöne Strecke durch den Park gefunden habe und richtig spürte, wie sich während des Laufens Glückshormone ihn ihm freisetzten. Jetzt beneidete ich ihn sogar richtig. Da stand er also: Mein Mitbewohner, durchgeschwitzt und lächelnd, aber er wirkte so richtig zufrieden und glücklich.

Ich gratulierte ihm zu seinem Entschluss, täglich morgens joggen gehen zu wollen und wurde von da an jeden Morgen mit einem ausgeglichenen Mitbewohner konfrontiert, dessen sportliches Engagement in meinem Gewissen bohrte. Aber ich freute mich neidlos über seinen Tatendrang.

Er hielt seinen Vorsatz auch tatsächlich durch, bis ihn sein Eifer eines Tages leider ausbremste.

Als sich eines Morgens die Wohnungstür unserer WG öffnete, trat humpelnd und im Gesicht leicht blutend mein Mitbewohner ein. „Was ist passiert?" schoss es gleich aus mir heraus. „Bist du überfallen worden?"

Er setzte sich schwerfällig an unseren Küchentisch und schnaufte, während ich ihm ein angefeuchtetes Küchenkrepp reichte, das er sich an den Kopf drückte.

„Nein, nein, ich bin nicht überfallen worden", sagte er. „Ich bin gestürzt."

Erstaunt schaute ich ihn an. „Einfach so?"

„Nein", sagte er und musste grinsen. Dann ergänzte er: „Ich war so voller Glückshormone heute Morgen, dass ich kein Problem darin sah, über eine Parkbank zu springen. Anlauf hatte ich ja bereits genug genommen." Er verdrehte die Augen. „Leider bin ich aber mit einem Fuß an der Rückenlehne der Parkbank hängengeblieben. Das Ergebnis siehst du ja."

Er schaute mich an und zum Glück musste er selbst lachen, da brauchte ich mich nicht zusammenzureißen, als ich losprusten musste. Diese Situation konnte ich mir bildlich sehr gut vorstellen. Ein Slapstick konnte wohl nicht besser sein.

Natürlich tat mir mein Mitbewohner leid. Er humpelte einige Tage, aber zum Glück ging es ihm bald wieder besser und auch die Schramme in seinem Gesicht war bald wieder verheilt.

Aber nach diesem Ereignis ist er nicht mehr joggen gegangen.

Wenn Glückshormone solche Unfälle verursachen können, gehe ich doch lieber auf das Laufband im Sportstudio. Da kann mir sowas nicht passieren. Außerdem ist der Rückweg auf dem Laufband nicht so weit, wenn ich während des Joggens keine Lust mehr habe, weiterzumachen. Ausschalten und fertig! Solche Sportarten liegen mir irgendwie mehr.

Hilfsbereitschaft

Es klingelte an meiner Wohnungstür und ich schaute auf die Uhr: Es war kurz nach sieben Uhr am Abend und ich hatte es mir auf dem Sofa gerade gemütlich gemacht.

Da wir keine Gegensprechanlage in unserem Mietshaus haben, öffnete ich nicht, da auch Vorübergehende manchmal klingeln.

„Wenn jemand zu mir will, klingelt die Person sicher noch einmal", dachte ich. Dessen war ich mir sicher.

Dann klopfte es direkt an der Wohnungstür.

„Ah, jemand aus dem Haus will zu mir", stellte ich fest.

Ich stand auf, öffnete und eine meiner alten Nachbarinnen stand vor der Tür. Ihr Deutsch ist nicht sehr gut und ich hatte Schwierigkeiten, zu verstehen, worum es ging. Sie hatte einen Zettel in der Hand, den sie vor mein Gesicht hielt.

Ich nahm den Zettel und las, dass sie am gleichen Tag zu einer Untersuchung im Krankenhaus gewesen war. Nun konnte ich ihre Aussagen und den Zettel miteinander kombinieren und verstand, dass es ihr nicht gut ging und sie um Hilfe bat.

„Soll ich für Sie dort mal anrufen?", fragte ich meine Nachbarin.

Sie nickte.

Ich wählte die Nummer der Klinik, gab die Bearbeitungsnummer durch sowie alle notwendigen Personendaten und erklärte der Dame am Telefon, dass meine Nachbarin neben mir stehen und es ihr nicht gut gehen würde.

Sie müsse nochmal im Krankenhaus vorbeibekommen, sagte die Dame am Telefon freundlich. Auf meine Frage hin, wann meine Nachbarin kommen könne, antwortete die Dame, dass das sofort möglich sei.

Ich bedankte mich für die Auskunft, legte auf und erklärte meiner Nachbarin, dass sie nochmal zur Kontrolle ins Krankenhaus kommen könne. Und zwar noch am gleichen Abend.

Als meine Nachbarin meine Erklärung verstanden hatte, freute sie sich und bedankte sich herzlich. Sie drehte sich um und kehrte zurück in ihre Wohnung.

Mit so wenig Aufwand jemandem geholfen zu haben, machte mich zufrieden und ich machte es mir wieder auf dem Sofa gemütlich. Endlich Feierabend.

Aber nach 15 Minuten klingelte es erneut und gleichzeitig wurde an meine Wohnungstür geklopft. „Sicher nochmal die Nachbarin", dachte ich und stand auf.

Als ich die Wohnungstür öffnete, stand sie tatsächlich dort. Mit Kopftuch und im Mantel. Quasi abfahrbereit.

„Ich fertig", sagte meine Nachbarin und schaute mich erwartungsvoll an.

Ich verstand. Meine Nachbarin ging also davon aus, dass ich mit ihr ins Krankenhaus fahren würde.

Etwas irritiert schaute ich sie an. Sie hatte doch Kinder, die mit ihr hinfahren konnten. Das wäre sprachlich doch viel leichter.

Aber noch während ich darüber nachdachte, gesellte sich der Ehemann meiner Nachbarin zu ihr. Auch er im Mantel, aber mit einer Kappe auf dem Kopf. Er nickte mir zu.

„Okay", dachte ich. „Eine andere Option kommt scheinbar gar nicht in Frage, als dass ich mit ihnen ins Krankenhaus fahre."

Ich erklärte den beiden, dass ich ein Taxi rufen würde und dann könnten wir losfahren.

Die Erleichterung bei beiden war spürbar. So ganz sicher, ob ich sie begleiten würde, waren sie sich wohl nicht gewesen.

Kurz Schuhe und Jacke angezogen und dann ging es mit dem Taxi in ein nahegelegenes Krankenhaus.

Ich stellte meine Nachbarin am Empfang vor und erklärte, dass ich vorher angerufen hatte. Dann wurden wir in ein Wartezimmer gebeten.

Dort warteten wir eine Weile, bis eine Mitarbeiterin der Klinik hereinkam und mir erklärte, dass meine Nachbarin gleich nochmal untersucht werden würde. Das würde ungefähr ein bis zwei Stunden dauern.

Ich spreche die Muttersprache meiner Nachbarn nicht, brachte es aber so verständlich wie möglich rüber, so dass sie diese Information verstehen konnten.

„Kann ich dann gehen?", fragte ich die Mitarbeiterin am Empfang schließlich. „Ich bin nur der Nachbar."

Sie schaute mich erstaunt an und nickte. „Wir kommen schon klar", sagte sie. „Sie können ruhig gehen."

Ich verabschiedete mich von meinen Nachbarn, nachdem ich erklärt hatte, dass ich nichts mehr für sie tun könne, wünschte ihnen alles Gute und machte mich auf den Weg nach Hause.

Auf der Rückfahrt in der U-Bahn dachte ich darüber nach, dass der Aufwand, meiner Nachbarin zu helfen, doch etwas größer gewesen ist, als erwartet, aber es machte mich zufrieden und jetzt wusste ich, dass ich es mir so richtig verdient hatte, es mir auf dem Sofa gemütlich zu machen.

Absurd

Coronazeit bedeutet Maskenzeit, wenn man mit den öffentlichen Verkehrsmitteln unterwegs ist. Egal, ob Nah- oder Fernverkehr.

Mit diesem Wissen fuhr ich mit der Deutschen Bahn von Berlin aus zu Verwandten nach Rotterdam. Natürlich trug ich im Zug dauerhaft meine Maske. Und das waren so einige Stunden. Zum Glück vermitteln einem die eingeschalteten Klimaanlagen in Fernzügen das Gefühl, dass man ständig frische Luft einatmet, obwohl man das durch die Maske sicher nicht wirklich tut.

Aber ich fühlte mich einigermaßen sicher im Zug, schließlich trugen alle anderen Fahrgäste auch Masken und ich freute mich darauf, meine Verwandten wiederzusehen.

Kurz vor der holländischen Grenze wechselte das Personal und sehr freundliche Schaffnerinnen und Schaffner begrüßten uns erneut auf unserer Reise nach Rotterdam.

Dann erklang eine Durchsage: „Liebe Fahrgäste, wir begrüßen Sie herzlich auf unserer Fahrt nach Rotterdam. Bitte behalten Sie bis zur Grenze nach Holland noch Ihre Masken auf. In Deutschland besteht in den Zügen Maskenpflicht, in Holland nicht. Nach der Grenze können Sie Ihre Masken gerne absetzen."

Ich war erschrocken und erschüttert zugleich. Ohne Maske mit all den Leuten zusammen in einem Zug noch bis Rotterdam fahren? Mir brach der Schweiß aus.

Meine Entscheidung war schnell getroffen: Ich würde meine Maske aufbehalten.

Kaum hatten wir die Grenze passiert, setzen dreiviertel der Fahrgäste die Masken ab. Ich spürte, wie ich nur noch flach atmete. „Ganz ruhig bleiben", sagte ich mir selbst. „Mir kann nichts passieren. Ich trage meine Maske ja noch."

Als wir Rotterdam erreicht hatten, war ich einer der ersten, die den Zug verließen. Zu meinem Entsetzen stellte ich aber fest, dass niemand mehr in Holland eine Maske trug. Damit hatte ich nicht gerechnet und mich vorher darüber auch gar nicht informiert.

Bis zu meinem Endziel, ich musste noch mit der Metro fahren, trug ich meine Maske konsequent weiter, aber während der nächsten Tage gewöhnte ich mich daran, in menschliche Gesichter zu sehen, die nicht von Masken teilweise verdeckt wurden. Nur in Situationen, in denen mir zu viele Menschen entgegenkamen, setzte ich schnell meine Maske auf. Ansonsten genoss ich aber auch die Maskenfreiheit, die in Holland herrschte.

Meine Urlaubstage gingen leider sehr schnell vorbei und der Tag meiner Abreise war gekommen.

Als ich in Rotterdam in den Zug nach Deutschland stieg, hatte ich meine Maske zu meiner eigenen Sicherheit wieder aufgesetzt. Ich war jedoch der einzige in meinem Abteil, gefühlt sogar im ganzen Zug. So richtig wohl fühlte ich mich nicht, aber an der Situation konnte ich nichts ändern. Hin und wieder öffnete ich die Abteiltür etwas, um das Gefühl zu bekommen, dass die Luft einmal ordentlich aufgefrischt wird.

Wir waren also auf dem Weg nach Berlin und ich freute mich. Ab der deutschen Grenze sollten dann alle wieder Masken tragen und dann würde die Zugfahrt für mich auch etwas entspannter werden.

Doch ich hatte die Rechnung ohne das Wetter gemacht: Unser Zug kam in ein starkes Unwetter und eine vom Blitz getroffene und beschädigte Oberleitung brachte unseren Zug zum Stillstand.

Wann es weitergehen würde Richtung Deutschland, wusste niemand zu sagen. Diese Ansage war sehr deutlich aus einem der Lautsprecher zu hören.

Aussteigen aus dem Zug konnte man nicht, da wir auf offener Strecke standen.

Das freundliche Zugpersonal bat uns um Geduld.

Und die brauchten wir in der Tat.

Über eine Stunde später ging es endlich ein bisschen weiter. Jedenfalls kamen wir bis kurz hinter die deutsche Grenze.

Und hier wurden wir wieder alle gebeten, so wie es in Deutschland vorgeschrieben war, die Masken aufzusetzen.

Über zwei Stunden lang hatten nun alle Menschen schon in einem geschlossenen Zug verbracht und ohne Masken ein- und ausgeatmet. Es konnte keine Tür und kein Fenster geöffnet werden und die Klimaanlage hatte sicher auch schon bessere Zeiten gesehen.

Natürlich war ich etwas erleichtert, jetzt war ich nicht mehr der einzige Passagier, der die ganze Zeit Maske trug, aber sinnvoll erschien mir das jetzt auch nicht mehr. Sollte sich ein Virus in unserem Abteil oder im Zug befunden haben, hätte sich dieser schon lange übertragen können.

Ich habe die Rückreise nach Berlin gesund überstanden, auch wenn sie insgesamt fast 15 Stunden gedauert hat, statt ungefähr acht. Aber ich muss noch immer darüber lachen, wie absurd die unterschiedlichen Regelungen der Maskenpflicht sind. Oder habe ich das von

Anfang an falsch verstanden und Corona macht an Landesgrenzen halt? Zumindest scheint es so zu sein, wenn man mit der Bahn zwischen Holland und Deutschland unterwegs ist ...

Akrobatik

Es gibt einen Anblick, an den man sich gewöhnt hat, wenn ein Hund, in diesem Fall ein Rüde, ausgeführt wird, um Gassi zu gehen: Irgendwann bleibt der Hund an einem geeigneten Objekt stehen. Das kann ein Baum, ein Strauch, ein paar Grashalme, eine Hauswand, ein herumliegender Pappbecher oder Ähnliches sein. Er schnüffelt, überlegt, von welcher Richtung aus er das Objekt seiner Wahl bewässern soll, um schlussendlich ein Bein zu heben und seinem Befeuchtungsdrang nachzugeben. Dazu hebt der Hund dann ein Bein hoch und lässt laufen.

Oft genug gesehen.

Neulich fiel mir aber ein Hund auf, der seine Befeuchtungsmethode in akrobatischer Manier ausgeführt hat. Es war ein kleiner brauner Hund in der Größe eines Pudels, so eine Art kleiner Spitz. Der Hund suchte ganz aufgeregt einen Baum aus, sprang zunächst daran herum, schnüffelte und überlegte dann gar nicht mehr lange: Er stellte sich mit dem Hinterteil in Richtung Baum, hob zunächst ein Bein an und plötzlich streckte er beide Hinterbeine geradewegs nach oben und ließ laufen. Er machte praktisch einen Vorderpfotenstand, um zu pinkeln. Das hatte ich bisher noch nie gesehen.

Das sah sehr lustig aus.

Schön finde ich es zwar nicht, wenn Hunde überall ranpinkeln, aber bei so einer akrobatischen Vorstellung kann ja durchaus mal nur der Unterhaltungseffekt bewertet werden. Ein Hund pinkelnd im Handstand, äh, Vorderpfotenstand, wo bekommt man sowas schon mal zu sehen? Ich kann noch nicht mal einen Handstand machen ...

Kettenreaktion

In der U-Bahn war es sehr voll, als ich auf dem Weg vom Büro nach Hause war.

Volle U-Bahnen mag ich nicht, noch weniger als volle Busse. Aber es nützt ja nichts: Zu Fuß nach Hause zu gehen wäre keine richtige Alternative. Das wären einfach ein paar Kilometer zu viel zum Laufen, also dann doch lieber die volle U-Bahn nutzen.

Ich stellte mich jedenfalls in eine Ecke der U-Bahn, gegenüber der U-Bahn-Tür, in der ich nicht ständig zur Seite rücken musste, weil jemand aus- oder einsteigen wollte. Auch wollte ich nicht zu dicht mit anderen Menschen zusammenstehen.

Mein Blick fiel wie immer auf die U-Bahn-Tür, als wir die nächste Station erreichten. Hoffentlich steigen viele aus und wenige ein, dachte ich, als die Türen sich öffneten.

Es wurde etwas leerer im Wagen, bevor die nächste Flut von Fahrgästen einstieg. Mir fiel gleich ein Mann auf, der hereinkam und der relativ gut bepackt war. Er trug eine Umhängetasche, eine Tragetasche und zusätzlich hielt er in der Hand noch einige Kleiderbügel, an denen Hemden oder Sakkos aufgehängt waren. Jedenfalls ließ sich das erahnen. Genau sehen konnte ich das nicht, da die Schutzhülle für die

Kleidung schwarz war. Es sah jedenfalls schwer aus und der Blick des Mannes schweifte durch den U-Bahnwagen in der Hoffnung, irgendwo einen Platz zu finden, wo er zumindest seine Hemden/Sakkos deponieren konnte. Ich glaube, auf einen Sitzplatz hatte er erst gar nicht spekuliert, dazu war die U-Bahn zu voll.

Er schaute zu den Haltestangen, die quer im U-Bahnwagen angebracht waren. Aber hier würde die Kleidung überall im Weg hängen.

Ich entschied mich, meinen „guten" Platz aufzugeben und gab ihm ein Zeichen, dass er meinen Eckplatz haben könne, wo sich eine Querstange befand, an der er seine Kleiderbügel aufhängen konnte und niemanden stören würde.

Dankbar nahm der Mann mein Angebot an. Seine Arme schienen schon lang geworden zu sein.

Er bedankte sich gefühlt tausendmal und man sah ihm die Erleichterung an. „Vielen Dank, dass Sie so aufmerksam gewesen sind", sagte er zu mir. „Gerne", antwortete ich. „Es wäre wohl sonst eine anstrengende Fahrt für Sie geworden." Er nickte und kurze Zeit später war wieder jeder in seinen eigenen Gedanken vertieft.

Drei Stationen später öffneten sich wieder mal die Türen unseres Wagens und unter anderem stieg ein Mann mit einem Rucksack ein. Er stellte sich mit dem Rücken vor den Mann mit den Kleiderbügeln und blieb so auch in meiner Sichtweite stehen. „Entschuldigung", hörte ich den Mann mit den Kleiderbügeln plötzlich sagen. Er tippte dem Mann mit dem Rucksack auf die Schulter. „Ihr Rucksack ist offen."

Der Mann nahm seinen Rucksack ab und bedankte sich. „Das habe ich gar nicht bemerkt", sagte er. „Danke für den Hinweis."

Der Mann mit den Kleiderbügeln lachte. „Gern geschehen. Mir wurde eben auch schon geholfen", sagte er und zeigte dabei auf mich. „Da wollte ich jetzt auch mal helfen." In wenigen Worten hatte er dem Mann mit dem Rucksack erzählt, wie ich ihm die Gelegenheit gegeben hatte, seine Kleidung aufzuhängen.

Die beiden schauten mich an. Ich lächelte und nickte.

Schweigend setzten wir unseren Fahrtweg mit den anderen Fahrgästen fort und verabschiedeten uns voneinander beim Aussteigen.

Mit einem guten Gefühl erreichte ich dann auch endlich meine Station und stieg aus. „Wow", dachte ich, „da habe ich wohl eine Minikettenreaktion ausgelöst." Damit hatte ich nicht gerechnet.

Vielleicht übernehmen die beiden Männer das Erlebnis ja mit in ihren Alltag und geben es weiter. Darüber würde ich mich sehr freuen.

Ein bisschen Aufmerksamkeit kann das Leben doch wirklich angenehmer machen. Es braucht eben manchmal nur einen Anfang.

Sturmtaube

Es war einer dieser heißen Sommertage. Sonnig, heiß und drückend schwül. Ich hatte den Tag so gut wie möglich im Schatten und in der Wohnung verbracht, da die Hitze einfach nur anstrengend war.

Gegen Abend zogen dunkle Wolken auf und es war klar, dass es bald gewittern würde. In der Ferne grollte schon der Donner.

„Wunderbar", dachte ich mir, „den Regen braucht die Natur und die Abkühlung wird uns allen guttun."

Ich beschloss, mich noch eine Weile auf den Balkon zu setzen, bevor das Unwetter losgehen würde.

Von meinem Sitzplatz aus konnte ich einen Baum sehen, in dem seit einiger Zeit eine Ringeltaube in einem Nest saß.

Die Taube schaute mich an.

„Gleich wird es ungemütlich", sagte ich und schaute zurück.

Die Taube schien zu verstehen und rückte sich in ihrem Nest etwas zurecht. Vermutlich war es aber eher ein Instinkt.

Der Wind frischte mehr und mehr auf und die ersten Böen fegten durch die Baumkronen, die meine Straße säumen. Die Bäume bogen sich sehr im Wind, so dass es fast schon wehtat, ihnen zuzusehen. Zum Glück sind meine Straßenbäume aber recht stabil, so dass die Böen ihnen nichts anhaben können.

Ich schaute zu der Taube rüber. Stoisch und fürsorglich saß sie in ihrem Nest und beschützte ihre gelegten Eier. Sie wäre sonst sicher weggeflogen, schließlich bog sich der Ast, in dessen Astgabel sich ihr Nest befand, sehr bedenklich. Als die nächste Böe, man konnte jetzt schon Sturmböe hierzu sagen, durch die Äste fegte, duckte sich die Taube tiefer in ihr Nest.

Jetzt tat sie mir leid. Der Himmel war inzwischen sehr schwarz geworden und es war klar, dass es kein leichter Regenguss werden würde, der uns bevorstand. Wenn die Himmelsschleusen sich also öffnen würden, konnte es sehr ungemütlich für die Taube werden. Am liebsten hätte ich sie mitsamt ihrem Nest auf meinen sicheren Balkon gesetzt, aber dazu war das Nest zu weit entfernt, als dass ich darangekommen wäre. Vermutlich war diese Idee auch gar nicht so gut. Die Natur weiß sich ja meist besser zu helfen, als wir es können. Man muss sie nur in Ruhe lassen.

Die ersten dicken Regentropfen prasselten vom Himmel. Die Taube plusterte kurz ihre Flügel auf, rückte sich nochmal zurecht und bald konnte man nur noch ihren Kopf aus dem Nest gucken sehen.

Als dann der Starkregen einsetzte und immer mehr Sturmböen durch die Bäume jagten, wurde es sehr ungemütlich. Es blitzte und donnerte wie verrückt.

„Arme Taube", dachte ich und sah, wie der Ast mit dem Nest heftig auf und nieder schwang. Dann fiel vom Nachbarhaus ein Blumentopf mit lautem Krachen auf den Gehweg. Zeit, reinzugehen. „Viel Glück", wünschte ich der Taube. „Hoffentlich passiert ihr und dem Nest nichts bei diesem Unwetter." Mit diesen Gedanken begab ich mich selbst zurück in meine sichere Wohnung und hörte dem stundenlangen Regen zu.

Als ich am nächsten Morgen aufwachte, ging ich gleich auf den Balkon, um nach dem Nest zu schauen.

Das Nest war unbeschädigt. Die Reisig- und Laubzweige lagen unverändert in der Astgabel und die Taube brütete weiterhin ihr Gelege aus. Sicher hatte sich das Taubenpaar zwischenzeitlich beim Brüten abgewechselt, das weiß ich nicht, aber es sah alles so friedlich aus, als hätte es das starke Gewitter gar nicht gegeben.

„Toll", dachte ich. „Das Nest sieht so zerbrechlich aus und die Taube so hilflos. Aus

Menschensicht gesehen, muss die Taube letzte Nacht einiges durchgemacht haben." Aber eben nur aus Menschensicht. Die Taube hat vermutlich nur auf sich und ihre Instinkte vertraut und fühlte sich sicher. „Daran könnte sich so mancher Mensch ein Beispiel nehmen", dachte ich, „eine Taube lässt sich jedenfalls nicht so schnell aus der Ruhe bringen, auch wenn es mal heftig kracht."

Betreuungszeit

Diesmal hatte ich nur einen Sitzplatz in einem Fernzug reservieren können, der sich in einem Vierersitzbereich mit Tisch befand.

„Aber besser als stehen", dachte ich mir, als ich die Reservierung vorgenommen habe. Andere Sitzplätze standen für die Zugfahrt Köln – Berlin nicht mehr zur Verfügung.

„Hauptsache, es wird nicht zu unruhig oder zu laut", überlegte ich, als ich in den Zug einstieg.

Ich nahm meinen Fensterplatz ein und kurz nach mir nahmen ein etwa fünf- oder sechsjähriges Mädchen und sein Vater gegenüber von mir Platz. Der Mann müsste so um die dreißig Jahre alt gewesen sein.

Das Mädchen schaute mich zunächst skeptisch an, konzentrierte sich aber dann voll auf den Vater.

Sie wollte spielen. Natürlich mit ihrem Vater, der sich auch gerne dazu bereit erklärte. Die Kleine suchte ein Brettspiel aus, legte es auf den Tisch, der sich zwischen uns befand und das Spiel ging los. Zwischendurch schaute das Kind immer wieder aus dem Zugfenster und stellte Fragen zu allem, was ihm gerade vor die Augen kam.

Geduldig und immer mit den Worten beginnend „Schätzchen", stand der Vater Rede und Antwort und schenkte dem Kind die Aufmerksamkeit, die von ihm eingefordert wurde.

Mit „Schätzchen" begannen auch alle weiteren Sätze des Vaters, die ein neues Spiel vorschlugen, eine Geschichte vorlasen, Essen und Trinken reichten. Es wirkte sehr harmonisch zwischen den beiden. Der Vater gab sich große Mühe, alle Fragen seiner Tochter geduldig und kindgerecht zu beantworten, sein „Schätzchen" pädagogisch richtig zu behandeln und gut zu erziehen. Ich bewunderte diese Geduld.

Irgendwann während der Fahrt entdeckte der Vater aus dem Zug heraus, dass wir auf eine Stadt zufuhren, in der er mal gelebt haben muss.

„Jetzt schau mal aus dem Fenster, Schätzchen", sagte der Vater und das Kind schaute heraus. „Da kommt gleich ein großes gelbes Haus. Da hat der Papa mal gewohnt und ..." Weiter kam der Vater nicht. Das Kind hatte sich vom Fenster abgewandt. „Was spielen wir jetzt?", fragte es. „Guck mal, Schätzchen", warf der Vater ein. „Da kommt gleich ein Sportplatz ..." „Ich will jetzt spielen", sagte das Mädchen unbeeindruckt. Der Vater konnte seinen Blick kaum vom Fenster nehmen. Vieles, das an uns vorbeirauschte, schien Erinnerungen in ihm auszulösen. „Und hier hat die Oma mal ..." „Papa, ich habe noch Hunger." „Gleich, Schätzchen", sagte der Vater.

„Guck erstmal aus dem Fenster. Da kommt gleich noch ..." Der Vater musste wirklich in der Gegend aufgewachsen sein. So viel kam ihm bekannt vor. Er kannte sehr viel von dem, was man aus dem fahrenden Zug sehen konnte. Aber das Kind interessierte sich nicht dafür. „Ich will was essen", sagte es.

Der Vater hatte verstanden. Sein Kind interessierte sich nicht für seine Vergangenheit. „Hier, Schätzchen", sagte er, nachdem er dem Kind eine Büchse geöffnet hatte, in der sich Obst und Gemüse befanden.

Das Kind nahm sich etwas aus der Büchse heraus, kaute bedächtig und starrte mich dabei an.

„Guten Hunger", sagte ich freundlich, aber das interessierte das Kind nicht.

„Ich will was Süßes", sagte es.

„Iss das erstmal auf, Schätzchen", reagierte der Vater und zeigte auf die Büchse.

„Das eine esse ich noch", sagte das Mädchen und nahm ein Stück Salatgurke. „Danach will ich was Süßes."

„Schätzchen, du *willst* nicht, du *möchtest* etwas Süßes."

„Na gut, dann möchte ich jetzt was Süßes." Das Kind zeigte seine leeren Hände und öffnete seinen Mund. „Leer!"

Der Vater kramte in seiner Tasche und es kamen ein paar Kekse mit Schokolade zum Vorschein.

Hastig griff das Kind danach und begann, einen Keks nach dem anderen zu verschlingen.

Schokoladenverschmiert verlangte es dann nach noch mehr Keksen. Zuerst verneinte der Vater, aber als das harmonische Vater-Tochter-Verhältnis zu kippen drohte, kramte er noch ein paar Kekse hervor und gab sie seiner Tochter mit den verschwörerischen Worten „Wenn das deine Mutter wüsste ..."

Jetzt war das Kind wieder zufrieden und wollte wieder etwas spielen.

Der Vater raufte sich die Haare. Nach zwei Stunden geduldiger Betreuung schien er langsam am Ende seiner Geduld angekommen zu sein. Und es lagen noch zweieinhalb Stunden Fahrtzeit vor uns. Ich glaube, dem Vater wurde klar, dass es eine sehr lange Fahrt werden konnte. Sehr oft schien er noch keine längere Reise alleine mit seiner Tochter unternommen zu haben.

„Liest du mir etwas vor?", fragte das Mädchen. „Ich weiß was Besseres", antwortete der Vater und kramte einen Laptop und einen Kopfhörer aus seinem Rucksack hervor. „Du kannst dir einen Film angucken."

Das Kind war begeistert. Das schien wie Weihnachten für es zu sein.

Schnell war etwas gefunden, dass das Kind sich anschauen konnte und der Vater lehnte sich das erste Mal während der Fahrt einfach nur entspannt zurück. Auch ich genoss diese Ruhe.

Plötzlich wurden wir von dem Mädchen aufgeschreckt. Es schrie seinem Vater eine Frage zu.

Schnell nahm er ihr den Kopfhörer ab und erklärte ihr, dass wir sie laut und deutlich hören würden, auch wenn sie uns wegen ihrer Kopfhörer nicht so gut hören konnte. Das Mädchen nickte, es änderte jedoch nichts an der Situation, dass das Kind bei jeder Frage oder Bemerkung sehr laut wurde.

Ich versuchte, es mit Humor zu nehmen. Zumindest war die Zeit der ständigen Fragerei vorbei.

„Ende!", schrie das Kind plötzlich. „Der Film ist aus!"

„Du kannst dir noch einen Film angucken", sagte der Vater und kurze Zeit später starrte das Kind wieder auf den Bildschirm.

Er hatte eine Lösung gefunden, das Kind zu beschäftigen, ohne dass er sich zu sehr mit einbringen musste. Das gefiel dem Vater. Und auch ich genoss die temporäre Ruhe.

Langsam aber sicher näherten wir uns Berlin und der Vater schaute immer wieder auf die Uhr. Zwischendurch rief er, wie ich vermute, die Mutter des Kindes an, um ihr am Telefon zu versichern, dass alles nach Plan und gut verlaufen würde und dass sie pünktlich in der Stadt eintreffen würden.

Das war dann auch so.

Als der Vater sich mit seiner Tochter, sie stiegen eine Station vor mir aus, verabschiedete, bedankte er sich für meine Geduld. „Keine Ursache", sagte ich. „Ich glaube, *Sie* mussten mehr Geduld aufbringen, als ich." Er schaute mich an, nickte und lachte. Dann verließen die beiden den Zug.

„Komisch", dachte ich. „Das Wort „Schätzchen" habe ich in den letzten zwei Stunden gar nicht mehr von ihm gehört." Ich vermute, wenn die Mutter sich wieder um das Kind kümmert, ist die Kleine ganz schnell wieder sein „Schätzchen". Aber vermutlich nur bis zur nächsten Vater-Tochter-Reise.

Waschmaschine

Auf meiner Erkundungstour nach einem größeren Kühlschrank war ich in einem Elektrogroßmarkt angekommen. Ich stromerte durch die Gänge und schaute mir unterschiedliche Modelle und deren Maße an. Ein Modell interessierte mich besonders und ich beschloss, jemanden aus dem Elektrogroßmarkt zu suchen und ein paar Detailfragen zu klären.

Neben den Kühlschränken befanden sich in dem Elektrogroßmarkt auch Waschmaschinen, Herde, Gefrierschränke etc. Die Auswahl war ziemlich vielfältig.

Ich fand eine Mitarbeiterin in der Abteilung mit Waschmaschinen. Sie sprach gerade mit einem Kunden.

Ich entschied mich, zu warten, bis das Beratungsgespräch vorüber sein würde. Dann konnte ich in Ruhe meine Fragen stellen.

Damit die Mitarbeiterin mich sehen und sich keine andere potenzielle Kundschaft vordrängeln konnte, rückte ich etwas näher an die beiden heran.

Zwangsläufig hörte ich das Gespräch zwischen der Mitarbeiterin und dem Kunden mit an. Diese erklärte dem Kunden gerade die von ihm ausgewählte Waschmaschine. Dem Gespräch war zu entnehmen, dass der Kunde die deutsche Sprache nicht ganz so gut beherrschte, aber die Mitarbeiterin stellte sich geduldig darauf ein und erklärte das ein oder andere gerne zwei- oder dreimal und änderte hierbei die Wörter oder Satzstellung. Bewundernswert, mit welcher Ruhe sie das machte. Genau so soll es ja auch sein.

Schließlich bemerkte sie, dass auch ich ihre Hilfe in Anspruch nehmen wollte und beeilte sich etwas mit der Beratung.

Die Mitarbeiterin und der Kunde wurden sich handelseinig und sie füllte einen Kaufvertrag nach den Angaben des Mannes aus.

Zum Schluss erklärte die Mitarbeiterin dem Mann noch, wohin er sich wenden müsse, wenn die Waschmaschine kaputt gehen sollte.

Während der Mann vorher mit „Ja" und „Nein" und hiernach mit seinen Adressdaten das Gespräch mitgeführt hatte, herrschte auf einmal ein auffällig langes Schweigen.

„Liefern kaputt?", frage der Mann schließlich.

Es dauerte einen kleinen Moment, ehe die Mitarbeiterin verstanden hatte, was er meinte. Dann lachte sie. „Nein, wir liefern keine kaputte Waschmaschine. Die Telefonnummer brauchen Sie nur, *wenn* mal was kaputt geht."

Der Mann schaute die Frau fragend an.

„Maschine ist ganz, nur *wenn* kaputt, dann hier anrufen!", sagte sie und zeigte auf den Kaufvertrag.

Jetzt hatte der Mann verstanden und musste lachen. Er bedankte sich und machte sich auf den Weg zum Kassenbereich.

Die Mitarbeiterin wandte sich nun mir zu.

Als ich später den Elektrogroßmarkt verließ, ging mir die Situation mit der Waschmaschine nochmal durch den Kopf.

Toll, wie geduldig die Mitarbeiterin den Kunden beraten und sich auf ihn eingestellt hatte. Vielleicht hätte der Mann die Waschmaschine auch im Internet kaufen können. Vermutlich sogar billiger. Aber ein persönliches und flexibles Beratungsgespräch kann durch die beste Technik nicht ersetzt werden. Vor allem nicht, wenn die Fragen etwas ungewöhnlich sind.

Gastfreundschaft

Ich war mit einer Freundin und einem Freund für ein verlängertes Wochenende in Italien.

Wir hatten vor, uns Pompeji anzusehen und entsprechend hatten wir eine Unterkunft in der Nähe in einem Nachbarort ausgesucht. Die Unterkunft befand sich oben auf einem Hügel und wir hatten Glück: Ein großer Garten, ein kleiner Pool, eine sehr freundliche Vermieterin, genug Platz für uns alle und ein sehr gutes Restaurant in der Nähe, ließen uns schnell entspannen. Die Hunde der Vermieterin, die auf dem Grundstück herumliefen, hatten wir schnell ins Herz geschlossen. Wir fühlten uns rundum wohl.

Der Nachteil der schönen Unterkunft war jedoch, dass wir runter ins Tal mussten, wenn wir etwas unternehmen wollten. Es gab zwar eine Bushaltestelle in der Nähe unserer Unterkunft, aber den Berg hinunter- und hinaufzulaufen, schien uns machbar zu sein. Der Bus machte zudem einen großen Bogen, bis er die Strecke bewältigt hatte. Zu Fuß ging es dann einfach schneller.

An einem Nachmittag hatten wir uns wieder auf den Weg in die Ortschaft ins Tal gemacht. Wir wollten ein bisschen durch die Straßen schlendern und die Freundin wollte nach ein paar Souvenirs Ausschau halten. Kurzum, wir wollten ein bisschen shoppen.

Es waren schon ein paar Stunden vergangen, bis wir müde an einem Platz ankamen, von dem ein Bus aus zu uns auf den Berg fahren sollte. Diesmal wollten wir mit dem Bus zu unserer Unterkunft zurück. Wir waren einfach zu fertig vom Herumlaufen.

Geduldig stellten wir uns in der Nähe der Bushaltestelle auf und warteten. Ein Bus folgte dem anderen, aber ein Bus mit unserer Busnummer, die wir vorher herausgefunden hatten, ließ sich nicht sehen.

Langsam verließ uns der Mut. Aber der Gedanke daran, dass wir mit unseren gekauften Sachen und nach stundenlangem Gelaufe den steilen Berg zu unserer Unterkunft wieder hochlaufen mussten, gefiel uns überhaupt nicht.

Also warteten wir geduldig noch etwas ab.

Aber es tat sich nichts. Kein Bus passte zu unserer Route.

Ich entschied, mich nochmal zu erkundigen und sprach eine Frau an, die gerade unseren Weg kreuzte. Wir verständigten uns auf Englisch und die Frau war wirklich sehr freundlich, auch wenn ihre Aussage, dass dieser Bus nicht fahren würde, eher enttäuschend war.

Aber, als waschechte Italienerin war sie um eine Lösung nicht verlegen. Sie bot uns an, dass sie uns in ihrem Auto, einem kleinen Fiat, mitnehmen würde. Sie müsse eh dort entlangfahren.

Ihr Angebot machte uns erst etwas verlegen, aber der Gedanke, den Berg hinaufzugehen, überzeugte uns schnell davon, das Angebot anzunehmen.

Als wir zu ihrem Auto kamen, meinte die Italienerin, dass wir nur kurz auf ihre Mutter warten müssten. Aber die würde bald kommen.

Wir schauten uns an. Das hieß also, dass wir uns zu dritt auf die Rückbank quetschen mussten. Egal, besser, als zu Fuß zu gehen.

Zugegeben, es war sehr eng hinten in dem Auto. Aber lieber schlecht gesessen, als noch schlechter gelaufen.

Als die Mutter das Auto ihrer Tochter erreichte, staunte sie nicht schlecht, dass das Auto schon so gut gefüllt war. Aber die Mutter durfte ja vorne auf dem Beifahrersitz Platz nehmen. Für sie war die Fahrt also nicht unbequem.

Wir fuhren los und unterhielten uns nett mit der Italienerin, die ihr kleines Auto durch die engen Straßen der Ortschaft manövrierte.

Hoffentlich schafft es das Auto den Berg hinauf, dachte ich nur. Teilweise war es ja schon sehr steil. Aber probieren geht ja bekanntlich über studieren.

Während der Fahrt erklärte ich unserer Helferin, dass sich unsere Unterkunft in der Nähe einer Kirche befinden würde, damit wir nicht versehentlich vorbeifuhren. Ich konnte so schlecht aus dem vollen Auto herausschauen, da ich in der Mitte auf dem Rücksitz saß.

Sie kannte die von mir beschriebene Kirche und nach einiger Zeit kamen wir an eine Kreuzung, auf der wir nach rechts hätten abbiegen müssen. Aber die Italienerin fuhr weiter geradeaus.

Ich meldete mich zu Wort und sagte ihr, dass wir falsch wären. Es stellte sich heraus, dass sie eine andere Kirche gemeint hatte als ich, aber ich sagte ihr, wenn sie uns rauslassen würde, könnten wir zurücklaufen und das letzte Stück zu Fuß gehen.

Aber da hatten wir die Rechnung ohne die Gastfreundschaft unserer hilfsbereiten Italienerin gemacht. „No, no, no", sagte sie nur und suchte nach der nächstbesten Möglichkeit, das Auto zu wenden.

Das tat sie dann auch und wir fuhren ein gutes Stück wieder bergab, dann bogen wir links ein und es ging wieder bergauf, bis wir unsere Kirche erreicht hatten.

Wir verabschiedeten uns alle herzlich voneinander und boten ihr noch Benzingeld an. Das lehnte sie jedoch lachend ab.

Winkend und lächelnd fuhr sie davon und auch wir winkten ihr freundlich hinterher.

Wie nett die Menschen hier zu uns sind, stellten wir fest und amüsierten uns noch lange köstlich über die Fahrt in dem vollgestopften Auto.

Als der Tag des Abschieds kam, meinte unsere Vermieterin, dass wir ganz besondere Gäste gewesen seien.

Ich weiß nicht, ob das stimmt, aber ich glaube, dass unser eigenes freundliches und offenes Verhalten gegenüber den Menschen, denen wir begegnet sind, es leicht gemacht hat, uns gegenüber gastfreundlich zu sein.

Menschen sollten sich immer wie Gäste benehmen und auch andere wie Gäste behandeln. Das würde das Leben für alle sicher um einiges leichter und schöner machen.

Twerking

Mit voll bepackten Einkaufstaschen bog ich in meine Straße ein, als sich mir eine kleine Gruppe Kinder näherte.

„Wenn du einen Euro bezahlst, twerke ich für dich", sagte ein etwa zehnjähriges Mädchen zu mir.

„Du tust was?", fragte ich ahnungslos. Mit dem Begriff Twerking konnte ich überhaupt nichts anfangen.

„Na", schaltete sich ein etwa achtjähriger Junge ein. „Sie twerkt."

Noch ehe ich mich versah, drehte sich die Zehnjährige um und wackelte schnell mit ihrem Po.

Ich traute meinen Augen kaum. „Äh, lass mal", sagte ich und ging weiter nach Hause.

Im Nachhinein wurde ich dann doch noch nachdenklich: „Hoffentlich gibt niemand dem Kind Geld dafür, dass es twerkt. Um das Taschengeld aufzubessern, gibt es für das Alter sicher bessere, kindgerechte Möglichkeiten." Insgeheim hoffte ich, dass das Ganze nur ein Spaß gewesen ist, aber ich ärgerte mich darüber, nicht sofort ein paar ernste Worte an die kleine Gruppe gerichtet zu haben. Geschadet hätte es bestimmt nicht.

Waldläufer

Wenn ich meine Familie im Rheinland besuche, freue ich mich unter anderem auf die Spaziergänge durch den Wald oder über die Felder. Zum Glück ist es in der Gegend noch nicht überall so zersiedelt, so dass man relativ schnell eine Möglichkeit hat, spazieren zu gehen.

Immer, wenn ich mit einem Familienmitglied durch den Wald spaziere, muss ich an meine Jugendzeit denken. Und an einen Nachmittag, den ich wohl nie vergessen werde …

An einem heißen Tag haben wir uns von der Mutter einer Freundin in den Westerwald zu einem Schwimmbad fahren lassen. Der Ort war für uns Rheinanlieger schwer erreichbar, da die Busverbindungen nicht so günstig waren.

Mit dem Auto ist das Schwimmbad nur ca. 45 Minuten entfernt, aber wir waren noch jung und hatten keinen Führerschein. Von daher waren wir der Mutter sehr dankbar, dass sie uns dort hinfuhr, damit wir Spaß haben konnten.

Die Stunden im Schwimmbad vergingen schnell und irgendwann standen wir draußen und überlegten, wie wir nun am unkompliziertesten wieder zurück in unser Heimatdorf kommen konnten.

Leider sprang uns hier der sprichwörtliche jugendliche Übermut geradezu an und wir beschlossen, uns zu Fuß auf den Weg zu machen.

So ungefähr wussten wir den Weg ja. Aber eben nun ungefähr.

Wir folgten einer Straße bergauf und ließen das Schwimmbad hinter uns. Wenn wir oben auf dem Hügel angekommen sein würden, mussten wir nur wieder bergab laufen, dessen waren wir uns sicher. Unser Heimatdorf lag ja unten am Rhein.

Da uns der Weg den Berg hinauf schon sehr angestrengt hatte, bogen wir kurzerhand in eine vermeintliche Abkürzung in den Wald ab.

Dort liefen wir nicht immer dem Weg folgend auch mal querfeldein, natürlich auch, um unsere Strecke abzukürzen, immer in die Richtung, in der wir den nächsten Wegabschnitt vermuteten.

Dieser ließ sich aber auch nach mehreren Versuchen einfach nicht mehr finden.

Langsam wurden wir unsicher und nervös. Die Uhrzeit war nicht stehengeblieben und der Abend rückte näher. Mobiltelefone gab es zu meiner Jugendzeit noch nicht. Wir konnten also auch keine Hilfe verständigen.

Durch die hohen Bäume konnten wir zwar noch die Sonne sehen, aber sehr lange würde das nicht mehr der Fall sein. Und wenn wir erstmal im Dunkeln im Wald festsaßen, waren unsere Chancen gering, vor dem nächsten Morgen da rauszukommen.

Eins wurde uns klar: Wir saßen im Wald fest. Wasser hatten wir auch keins mehr. Auf so einen langen Fußmarsch waren wir einfach nicht eingestellt gewesen.

Immer wieder gingen wir mal einige Meter, immer in der Hoffnung, einen Weg oder vielleicht sogar eine Lichtung zu finden, von der aus ein Weg weiterführte. Aber wir konnten keinen Weg finden.

Dann kam uns der rettende Gedanke: Der Rhein ist dort, wo die Sonne untergeht. Da waren wir uns sehr sicher. Die Sonne geht hinter den Hügeln am Rhein unter. Dieser Gedanke gab uns Hoffnung. Wir suchten die Sonne, die noch durch die Bäume schien, jetzt aber nicht mehr über uns stand, sondern mehr von vorne leuchtete. Die Suche nach einem Weg hatten wir nun aufgegeben und stolperten mehr oder weniger den Hang hinunter Richtung Sonnenuntergang. Ich bin mir sicher, niemand von uns wollte die Nacht in einem Wald verbringen. Irgendwann fanden wir dann tatsächlich einen Spazierweg, der in ein Dorf führte. Es war zwar *nur* unser

Nachbardorf, aber von hier aus kannten wir die Strecke nach Hause.

War das eine Freude, den guten alten Rhein und bekannte Häuser und Straßen zu sehen.

Heute weiß ich, dass wir uns von Anfang an einfach nur darauf hätten konzentrieren müssen, bergab zu laufen und nicht nach einem Weg zu suchen. Aber das war uns damals nicht in den Sinn gekommen. Manchmal sieht man halt vor lauter Wald die Bäume nicht mehr.

Friedhofsbesuch

Auf einem Friedhof ganz in der Nähe meiner Wohnung, liegen Bürgerinnen und Bürger aus allen Bevölkerungsschichten, aber auch einige Persönlichkeiten, die Ehrenbürger*innen der Stadt Berlin sind.

Weiterhin befinden sich hier aber auch die Grabstätten von einem sehr bekannten Architekten, von Industriellen, Bankiers sowie auch von Mitgliedern einer Komponistenfamilie.

Durch einen Zufall hatte ich erfahren, dass an einem Abend im Juni ein klassisches Konzert zu Ehren von verstorbenen Musiker*innen auf dem Friedhof stattfinden würde.

Ich traf mich an dem entsprechenden Abend mit einer Freundin und einem Freund vor dem Eingangsportal des Friedhofs. Wir staunten nicht schlecht. Hier standen schon eine ganze Menge Menschen, die dieses Event ebenfalls erleben wollten.

Wir folgten einem der Hauptwege zu einem Gebäude, vor dem sich ein kleines Orchester eingefunden hatte und klassische Musik spielte.

Es war ungewöhnlich, in sommerlicher Kleidung auf einem Friedhof inmitten vieler anderer Zuhörer*innen zu stehen und getragener Musik zu lauschen. Diese Art der Musik kenne ich sonst nur aus Konzertsälen oder Kirchen.

Wir wurden gut unterhalten und einen Applaus hatte sich das Orchester redlich verdient.

Nach dem kurzen Konzert hatte man die Möglichkeit, an Führungen, Lesungen und weiteren musikalischen Darbietungen auf dem Friedhof teilzunehmen.

Wir entschieden, uns erstmal etwas über das Friedhofsgelände treiben zu lassen.

Es war ein ungewohnter Anblick, zwischen den Grabstätten Menschen sitzen zu sehen, die sich dort niedergelassen hatten, um ein Glas Wein zu trinken, sich zu unterhalten oder die einfach nur zusammensitzen und das außergewöhnliche Event genießen wollten.

Zu dritt schlenderten wir von Grab zu Grab, von Gruft zu Gruft. Es gab wirklich viel zu sehen. Gut gepflegte, aber auch verfallene, teilweise schon sehr alte Grabstätten. Einige hatten Kriegsschäden, andere verfielen, weil sich keine Angehörigen mehr darum kümmern konnten oder wollten. Es war ein interessanter Gang vorbei an teils geschichtsträchtigen Gräbern.

Natürlich begegneten uns immer wieder andere Besucher*innen des Events, aber trotzdem blieb der Friedhof ein Ort der Ruhe und Totenehrung.

Nachdem wir schon eine ganze Weile herumgelaufen waren, hatten wir das Gefühl, eine Pause machen zu wollen.

Eine bereits im Verfall befindliche Grabstätte zog unsere Blicke auf sich.

An der Kopfseite der Grabstätte befand sich eine drei bis vier Meter hohe dunkle Marmorwand mit einer Säulenverzierung im oberen Bereich und einem modellierten Kopf in der Mitte. Im unteren Bereich war eine marmorne Bank in der Wand eingelassen, auf der man sitzen konnte. Rechts und links und vorne war die Grabstätte mit langen niedrigen Randsteinen eingefasst.

Ohne lange zu zögern, betraten wir diese Grabstätte und setzen uns auf die Bank, bzw. rechts und links auf die Randsteine. Die Grabstätte wurde unser Ort zum Ausruhen.

Das war anfangs etwas merkwürdig, aber die Bank lud zum Verweilen ein und da die Grabstätte bereits etwas verfallen war und Gräser und wild wachsende Blumen sich hier angesiedelt hatten, war unser Aufenthalt hier schnell ganz normal für uns.

Wir unterhielten uns eine ganze Weile und im Hintergrund hörte man mal musikalische Vorträge oder es zogen Menschen an uns vorbei, die sich ebenfalls Grabstätten anschauten. Auch wurden Gedichte vorgetragen. Es war eine sehr friedliche und entspannte Stimmung auf dem Friedhofsgelände.

Als es dunkel wurde, machten wir uns auf den Weg zurück zu dem Gebäude, vor dem das Orchester gespielt hatte. Eine Taschenlampe, die ich mitgebracht hatte, leuchtete uns den Weg, aber wir wurden auch von bunt angeleuchteten Regenschirmen geführt, die an einigen Grabstätten zur Orientierung angebracht waren.

An dem Gebäude angekommen, kauften wir uns an einem extra aufgebauten Stand noch etwas zu Trinken und setzen uns nochmals hin.

Gemütlich und in Ruhe und mit weiteren guten Gesprächen beendeten wir schließlich den Abend, als das Friedhofsevent langsam zu Ende ging.

Was für ein ungewöhnlicher Abend an einem besonderen Ort.

Aber ich hatte die ganze Zeit über nicht das Gefühl gehabt, dass es falsch war, auf einem Friedhof eine gute Zeit zu verbringen. Wir hatten die Totenruhe nicht gestört. Eher hatte es den gegenteiligen Effekt: Die Ruhe des Friedhofs hatte auch uns zur Ruhe kommen lassen und uns aus dem Alltagsgeschehen der Großstadt rausgezogen. Es war sicher ein außergewöhnliches Erlebnis für alle Besucherinnen und Besucher.

Geschäftsreise

Es ist schon einige Jahre her, dass wir mit meinem Chef und ein paar Kollegen auf einer kurzen Geschäftsreise in England unterwegs waren.

Die Tage waren gut gefüllt mit der Besichtigung von Betriebsstätten und Treffen mit Mitarbeitenden der entsprechenden Firmen. Die Nächte verbrachten wir nach einem gemeinsam verbrachten Tag und Abend in einem Hotel in der jeweiligen Gegend, in der wir unterwegs waren.

Der Abschluss unserer Geschäftsreise fand in London statt. Auch hier hatten wir wieder ein volles Tages- und Abendprogramm und irgendwann am späten Abend trafen wir endlich in einem größeren Hotel ein.

„Wir frühstücken um 07:00 Uhr", wurde ich noch informiert, als wir uns alle auf unsere Zimmer zurückzogen.

Ich war froh, bald wieder in meinem Bett in Berlin liegen zu können. Diese Geschäftsreise strengte mich sehr an. Ich hatte keine Erfahrung mit solchen Unternehmungen und der ständige Kontakt und Austausch mit Menschen, es wurde viel Englisch gesprochen, war für mich auch ungewohnt. Hinzu kam, dass wir mit dem Auto unterwegs waren. Jeder Kreisverkehr war für mich ein Moment des Schocks, da unser Fahrer, dem

Linksfahrgebot folgend, aus meiner Perspektive gesehen, falsch in den Kreisverkehr einbog.

Ich war jedenfalls froh, mich schnell ins Bett legen zu können, um mich von dem Tag zu erholen.

Zähne putzen, Schlafanzug an und flott unter die Decke gelegt.

Vielleicht war ich kurz eingenickt, als mich ein lautes Geräusch weckte.

„Was ist das?", fragte ich mich und hoffte, dass bald wieder Ruhe einkehren würde.

Das Geräusch hörte in der Tat kurze Zeit später auf, weckte mich aber bald wieder.

Genervt stand ich auf, öffnete das Fenster und schaute auf die Straße. Doch die Straße war menschenleer. Es war auch kein Auto oder anderes Fahrzeug zu sehen.

„Merkwürdig", dachte ich, „wo kommt das Geräusch nur her?"

Aber dann verschwand es wieder.

Schnell legte ich mich wieder hin, versuchte, meinen Atem zu beruhigen und wieder in den Schlaf zu finden.

Das gelang mir auch. Jedenfalls bis zu dem Moment, wo das Geräusch wieder einsetzte.

Wütend richtete ich mich auf und griff zum Hörer des Haustelefons.

Aufgeregt erklärte ich dem Nachtportier mein Problem und er meinte, er würde zu mir kommen, um das Geräusch selbst mal zu hören.

Kurze Zeit später klopfte es an meiner Zimmertür und der Nachtportier trat ein.

Aber wie sollte es anders sein? Das Geräusch war in dem Moment weg.

Ich kam mir etwas dämlich vor, aber ich konnte nur beteuern, dass das Geräusch wirklich dagewesen sein muss.

Er käme wieder hoch, wenn das Geräusch nochmal auftauchen würde, erklärte mir der Nachtportier höflich und verabschiedete sich von mir. Ich solle mich einfach wieder melden.

Aufgeregt legte ich mich wieder ins Bett. Diesmal begann das Geräusch, bevor ich eingeschlafen war. Sofort griff ich wieder nach dem Telefonhörer und kurze Zeit später stand der Nachportier wieder in meinem Zimmer.

„Das sind die Heizungsrohre", meinte er dann, nachdem er auch das Geräusch gehört hatte. An dem Geräusch könne er aber nichts ändern.

„Aber ich muss jetzt schlafen", sagte ich zu ihm. „Ich muss in ein paar Stunden schon wieder zum Frühstück erscheinen."

Ich glaube, ich habe einen ziemlich verzweifelten Eindruck auf den Nachtportier gemacht. Jedenfalls bot er mir an, mir ein anderes Zimmer zu geben. Er müsse nur kurz an die Rezeption gehen und schauen, welches Zimmer noch nicht belegt sei.

Auf dem Bettrand sitzend wartete ich auf seine Rückkehr und endlich klopfte es wieder an meiner Zimmertür.

„Lassen Sie Ihre Sachen ruhig hier im Zimmer", meinte er. „Sie können sich morgen hier fertig machen. Kommen Sie einfach mit. Ich habe noch ein freies Zimmer für Sie. Vergessen Sie aber bitte den Zimmerschlüssel nicht, damit Sie morgen früh wieder hier hereinkommen."

Ich schnappte mir den Zimmerschlüssel und folgte erleichtert dem Nachtportier. Bald würde ich schlafen können. „Und weit kann es ja nicht bis zu dem anderen Zimmer sein", dachte ich. Aber ich musste dem Nachportier eine ganze Weile folgen, bis wir endlich einen anderen Flur erreicht hatten, indem er mir eine Zimmertür öffnete.

Ich bedankte mich bei ihm und betrat das neue Zimmer. „Ja, das ist schon besser", dachte ich und legte mich hin.

„Mist", fiel mir plötzlich ein Gedanke ein und ich griff nach dem Haustelefon. Der Nachtportier nahm am anderen Ende ab und fragte höflich nach meinem Wunsch.

„Bitte rufen Sie mich morgen früh an, ich muss um 06:00 Uhr aufstehen", sagte ich.

„Gerne", sagte er und ich lehnte mich entspannt wieder zurück. „Endlich schlafen", dachte ich.

Aber die Nacht war kurz. Sehr kurz. Jedenfalls klingelte das Haustelefon für mein Gefühl viel zu früh und riss mich aus dem Schlaf.

Ich nahm den Hörer ab, bedankte mich für den Weckruf und stand auf.

„Okay", dachte ich, „jetzt zurück in mein altes Zimmer, duschen, anziehen und ab zum Frühstück."

Ich öffnete die Zimmertür und betrat den Gang. Erst schaute ich nach rechts, dann nach links. „Mist", stellte ich entsetzt fest, „ich habe doch versucht, mir den Weg zu meinem alten Zimmer zu merken." Doch jetzt bei Tageslicht sah alles so anders aus.

„Was soll ich jetzt machen?", überlegte ich und schaute an mir herunter: Ich stand im Schlafanzug in einem langen Hotelgang. Als ich das Zimmer in der Nacht gewechselt habe, hatte ich nicht daran gedacht, eine Hose und einen Pullover mitzunehmen. Nur meine Straßenschuhe hatte ich schnell angezogen.

Zum Glück war es noch früh am Morgen und der Gang war menschenleer.

Ich machte mich also auf den Weg, mein altes Zimmer zu suchen. Ich folgte dem Gang, ging ein Treppe hinunter, dann wieder einen Gang lang, dann wieder eine Treppe hinauf. Aber nichts kam mir bekannt vor.

Es war zum Verzweifeln. Was sollte ich nur tun?

Da gab es wohl nur eine Möglichkeit: Ich musste in die Hotelhalle und dort den Portier fragen, wo mein Zimmer sich befindet. Eine andere Möglichkeit gab es leider nicht.

Ich folgte also einem Schild, das angab, in welche Richtung ich gehen musste, um zur Rezeption zu kommen.

Zum Glück waren in den Gängen keine Menschen unterwegs, aber wie ich erschrocken feststellen musste, befanden sich diese zum Großteil nämlich schon in der Hotelhalle bzw. beim Frühstück. Dort, wo ich hergehen musste.

Aber ich hatte keine Wahl, ich durchquerte im Schlafanzug die Hotelhalle und war froh, relativ wenig Aufmerksamkeit zu erregen. Aber ich fühlte mich sehr verletzlich in meinem Schlafanzug.

Der Nachtportier entdeckte mich und grinste, aber noch bevor ich ihn nach meinem Zimmer fragen musste, hatte ich die Treppe hinauf zu meinem Zimmer entdeckt. Ich ging etwas schneller und erreichte kurze Zeit später im Laufschritt mein Zimmer. Schnell schloss ich auf, duschte, zog mich an und machte mich auf den Weg in den Frühstücksraum.

Trotz der ausgiebigen Dusche fühlte ich mich nicht gut. Ich war einfach übermüdet und hätte mich am liebsten wieder hingelegt.

Als ich im Frühstücksraum ankam, saßen meine Reisebegleiter bereits am Tisch.

„Sie sehen müde aus", sagte mein Chef zu mir und nickte wissend. „Sie waren wohl die ganze Nacht über unterwegs", meinte er und zwinkerte mir zu. Die anderen lachten.

Mir war klar, dass die Wahrheit zu unglaubwürdig klingen würde, also erzählte ich nicht, was in der Nacht geschehen war.

In London vertreibt man sich ja in der Regel die Nächte anderswo, als auf den Gängen eines Hotels auf der Suche nach einem ruhigen Schlafplatz. „Sollen die anderen ruhig denken, ich wäre die ganze Nacht draußen unterwegs gewesen." Das umgab mich mit einem verruchten Schleier und das gefiel mir. Nur der Nachtportier und ich kannten ja die Wahrheit. Und die war ja nun wirklich völlig harmlos.

Jogger

Als ich vom Einkaufen in meine Straße einbog, kam mir ein Mann entgegen.

Er kam recht zügig auf mich zu und sprach in sein Handy, das er sich vor das Gesicht hielt. „Merkwürdig", dachte ich. „Warum bewegt er das Handy immer wieder nach oben und nach unten während er telefoniert?"

Jetzt waren wir ungefähr auf gleicher Höhe und ich hörte, wie der Mann in sein Handy sprach: „Nee, ich kann jetzt nicht. Ich bin beim Joggen." Das Handy wurde hierbei weiter auf und ab gehoben. Der Mann atmete schwer, so wie ein Jogger halt atmet, wenn er läuft und sich anstrengt.

Als er meinen erstaunten Blick sah, zwinkerte er mir zu und ging zügig weiter.

„Das muss ich mir merken", dachte ich und musste lachen. Das kam doch ganz echt rüber. Sollte ich mal keine Lust auf irgendwas haben und angerufen werden, werde ich auch das Handy auf und ab heben und sagen, dass ich beim Joggen wäre und keine Zeit hätte.

Zu dumm nur, dass ich nie joggen gehe. Aber einen Versuch, das als Ausrede zu nehmen, ist es auf jeden Fall wert.

Ortsangabe

Als Schüler im jugendlichen Alter habe ich meine Ferien oft in Holland bei Verwandten verbracht.

Ich hatte dort immer eine schöne Zeit und freute mich jedes Mal, wieder dort sein zu dürfen.

Nachdem ich bereits mehrfach Ferien dort gemacht hatte, hatte ich einiges von der Sprache mitbekommen und nahm mir vor, hin und wieder von dem Gelernten Gebrauch zu machen.

Ich hatte keinen Kurs oder ähnliches besucht und in der Schule wurde Holländisch auch nicht angeboten, aber ich wollte zumindest versuchen, mich auf Holländisch mitzuteilen. Schließlich bewegte ich mich inzwischen alleine in Rotterdam umher und benutzte die Metro. Dann sollte das Sprechen ja auch irgendwie funktionieren.

Es ist mir leider nicht mehr möglich zu beschreiben, warum ich eines Tages die Metro in Richtung der Station *Marconiplein* nehmen musste. Ich kann mich jedoch erinnern, dass ich an der Station *Beurs* umsteigen musste.

„*Beurs*", sagte eine Stimme, als die Metro in die Station *Beurs* einfuhr. „Ah, ich muss umsteigen", schoss es mir durch den Kopf und so schnell ich konnte, verließ ich den Wagen.

Die Metro fuhr weiter und ich versuchte, mich zu orientieren.

Irgendwo hier musste ich umsteigen in Richtung *Marconiplein*. Ich schaute mich um, konnte aber keinen Hinweis darauf finden, auf welchen Bahnsteig ich gehen musste.

Nach einer Weile entschied ich mich, jemanden zu fragen. Mir schien der Zeitpunkt gekommen zu sein, meine holländischen Sprachkenntnisse anzuwenden. Es war zwar nicht viel, aber um nach einer Metrostation zu fragen, sollte es ja wohl reichen. Außerdem konnte ich den richtigen Bahnsteig nicht finden. Was blieb mir also anderes übrig, als zu fragen?

Ich hatte Glück und sah einen Mitarbeiter der Metro durch den Bahnhof laufen. Ich überlegte mir, wie ich die Frage stellen konnte und eilte auf ihn zu. Dann fragte ich ihn nach dem Bahnsteig.

Erstaunt schaute er mich an, ich erhielt aber keine Antwort. Höflich wiederholte ich meine Frage, aber außer seinem nachdenklichen Gesichtsausdruck bekam ich keine Reaktion von ihm. Dann lachte er laut los.

Pädagogisch sicher nicht so sinnvoll für mich, da ich mich ja gerade das erste Mal getraut hatte, auf Holländisch nach etwas zu fragen, aber dann sagte er (natürlich auf Holländisch): „Du willst zur *Marconiplein?*"

Ich nickte. Danach hatte ich schließlich gefragt. Er deutete auf den Bahnsteig, zu dem ich gehen musste.

Dann lachte er wieder freundlich und entschuldigte sich. Schließlich sagte er: „Du hast nach *Maccheroniplein* gefragt. Deswegen wusste ich zuerst nicht, was du meinst. Die Station heißt *Marconiplein*, nicht *Maccheroniplein*."

Ich merkte, wie ich rot anlief. Aber dann musste ich auch lachen.

Da hatte ich mir so schön den Satz überlegt, mit dem ich nach dem Bahnsteig fragen konnte und dann hatte ich die Station falsch genannt.

„Zum Glück kennt mich hier keiner", dachte ich, als ich endlich in der richtigen Metro saß. Aber ich nahm mir vor, beim nächsten Mal genauer aufzupassen, wonach ich frage. Wer weiß, wo ich sonst noch landen würde.

Stilbruch

Mit der U-Bahn unterwegs zu sein, ist irgendwie immer ein Erlebnis. Es gibt viel zu sehen. Leider ist nicht alles schön. Und es gibt auch viel zu riechen. Aber auch das ist leider nicht immer schön. Von der Geräuschkulisse möchte ich gar nicht erst anfangen ... Zumindest ist es sehr abwechslungsreich, mit der U-Bahn zu fahren.

Als ich auf dem Heimweg vom Büro nach Hause war, hatte ich einen Sitzplatz relativ nah an der U-Bahntür. Es war sehr warm im U-Bahnwagen, schließlich hatten die Temperaturen heute wieder locker fast 32 Grad erreicht.

An einer der Stationen, an denen der Zug hielt, stieg ein Mann ein, der die Blicke der Fahrgäste gleich auf sich zog. Auch ich schaute interessiert zu dem Mann, der meines Erachtens nach indische Wurzeln in seiner Familie hatte. Er war circa 170 cm groß, schlank und mit seinem dunklen Teint, dem dichten, sorgfältig gekämmten schwarzen Haar und seiner Kleidung hob er sich von den um ihn herumstehenden Leuten in dem U-Bahn-Wagen deutlich ab. Dieser Mann war auffallend und elegant gekleidet: Ein bis zu den Knien reichendes weißes Hemd, das seitlich von den Knien bis zur Hüfte geschlitzt war. Unter dem langen Hemd trug er eine weiße Stoffhose. Das Hemd selbst hatte einen kleinen Stehkragen und oben kleine Knöpfe, mit denen es zugeknöpft war. Die Armlänge des Stoffes reichte bis zu den Handgelenken und vom Stoff her wirkte alles sehr leicht und luftig. Das passte zur Jahreszeit und vor allem zu den Temperaturen in dem U-Bahnwagen. Das Schöne an dem langen Hemd war der auffällige Druck auf dem weißen Stoff: Blumen, Ornamente und florale Motive in roten, orangen, braunen und dunkelgrünen Farben waren zu sehen. Die Kleidung sah vornehm aus und stand ihm wirklich sehr gut.

Er war perfekt gekleidet.

Das dachte ich jedenfalls bis zu dem Moment, als mein Blick auf seine Schuhe fiel. Ich erstarrte. Trug der Mann tatsächlich zu diesem geschmackvoll und stylischen Outfit Plastikschuhe, die so aussahen, als würde man sie eher bei der Gartenarbeit tragen? Sie waren klobig, breit und halb offen dank breiter Lüftungsschlitze und Löchern rundum. Dieses Schuhwerk passte gar nicht zu seinem schicken Style.

Sicher waren diese Schuhe sehr bequem, aber hätten es nicht einfach ein paar gutaussehende Sandalen sein können?

Es war so, als würde man eine kalte Dusche abbekommen.

„Schade, sehr schade", dachte ich. Aber das ist halt auch Berlin: Irgendwas ist immer!

Zeitverlust

Wir waren von einer guten und lieben, bereits älteren Bekannten zum Frühstück in ein Café eingeladen worden.

Es handelte sich eher um einen Brunch und da wir wussten, wer hieran noch teilnehmen würde und wir uns auch sehr auf unsere Bekannte freuten, fuhren wir an dem betreffenden Sonntagmorgen pünktlich mit der S-Bahn in den Norden Berlins, wo sich das Café befindet.

Dort angekommen trafen wir schnell auf die anderen Gäste. Wir suchten uns Plätze an dem für uns reservierten Tisch aus und nahmen bereits Platz, da unsere Gastgeberin noch nicht da war.

Wir wussten ja, dass sie auch mit der S-Bahn ankommen würde und warteten geduldig. Etwas Verspätung muss man ja immer einkalkulieren. Das ist in einer Großstadt nichts Außergewöhnliches. Aber das Warten war kein Problem, da wir uns angenehm mit den anderen Gästen unterhielten.

Natürlich fiel unser Blick dabei immer wieder auf die Uhr. Merkwürdig, dass unsere Gastgeberin noch nicht da war. Aber gut, es würde schon einen Grund dafür geben. Wir übten uns weiterhin in Geduld, aber so langsam kamen wir doch ins Grübeln … Ihr wird doch wohl nichts passiert sein?

Andere Cafébesucher kamen und gingen, aber unsere Gastgeberin ließ sich weiterhin nicht blicken.

Wir wurden unruhig und überlegten, was wir tun könnten.

Aber dann erblickten wir sie, als sie auf unseren Tisch zukam.

Sie hatte uns noch nicht gesehen und wirkte völlig entspannt.

Langsam näherte sie sich uns und dann trafen sich unsere Blicke.

Sie erstarrte und war völlig überrascht, uns bereits alle am Tisch sitzend anzutreffen. Sie blickte auf ihre Uhr, die sie am Handgelenk trug: „Ihr seid doch viel zu früh", sagte sie und schaute uns betroffen an.

Wir machten einen Uhrenvergleich und dann war alles klar und wir mussten lachen: In der Nacht zuvor waren die Uhren von Winter- und Sommerzeit umgestellt worden, also eine Stunde nach vorne. Daran hatte sie nicht gedacht und sich am Sonntag ganz gemütlich auf den Weg in das Café gemacht. Die Fahrzeit hatte sie großzügig eingeplant und sie ging davon aus, bereits deutlich vor ihren Gästen anzukommen. Nun war sie durch die Zeitumstellung ausgetrickst worden.

Sie konnte es kaum fassen, aber langsam entspannte sie sich und musste auch lachen. Während sie die ganze Zeit der Meinung gewesen war, eine halbe Stunde zu früh zu kommen, war sie tatsächlich eine halbe Stunde zu spät eingetroffen.

Niemand von uns hat ihr das Zuspätkommen übelgenommen. Wer kann einer älteren Dame schon böse, sein, wenn sie vergisst, die Uhr auf Sommerzeit umzustellen?

Wir waren froh, dass es ihr gut ging und dass wir nun alle das Zusammensein genießen konnten. Die Zeit spielte dann sowieso keine Rolle mehr.

Unerwartet

Ich war mit ein paar Bekannten und Freunden ein paar Tage in Lissabon zu einem mehrtätigen Event. Aufgrund der Personenanzahl hatten wir uns auf verschiedene Unterkünfte in der Stadt verteilt und wir wohnten zu zweit in einem 2-Zimmer-Apartment relativ günstig an der U-Bahn, so dass wir uns leicht mit den anderen treffen konnten.

In unserem Apartment war eine kleine Küche mit einem Essbereich zu einem begrünten Hinterhof hin. Der Esstisch stand direkt am Fenster, so dass wir uns entschieden, bei Gelegenheit auch mal im Apartment zu essen. Auf jeden Fall wollten wir das Frühstück hier einnehmen.

Ich esse morgens gerne Müsli mit frischem Obst. Das Müsli hält mich längere Zeit satt und das Obst ist erfrischend.

Da ich für mein Müsli aber laktosefreie Milch benötige, hatte ich mich mit dem Gedanken angefreundet, vielleicht doch Brot essen zu müssen. Laktosefreie Milch ist leider nicht überall zu bekommen.

Nach unserer Ankunft im Apartment richteten wir uns ein und machten uns auf die Suche nach einem Lebensmittelladen, in dem wir für unseren täglichen Bedarf einkaufen wollten.

Unser Wohnviertel bot nicht allzu viele Einkaufs-
möglichkeiten, aber irgendwann, eigentlich relativ nah bei unserem Apartment, sahen wir einen
kleinen Lebensmittelladen.

Wir betraten ihn und schlängelten uns durch
enge Regalreihen, die angefüllt waren mit allen
möglichen Lebensmitteln. Der kleine Laden war
auf die Bedürfnisse der Anwohner zugeschnit-
ten: Es gab orientalische Backwaren, Dosen mit
Aufschriften, die wir nicht lesen konnten und Lebensmittel, die uns unbekannt vorkamen.
Kurzum, es war alles etwas unüberschaubar für
uns. Die Regale waren voll, übervoll, und für uns
war kein wirkliches Ordnungssystem zu erken-
nen. Manche Lebensmittel waren auf dem Boden deponiert und teilweise übereinandergesta-
pelt. Zum Glück gibt es Lebensmittel, die unver-
kennbar sind, sodass wir das ein oder andere
gefunden haben, das wir verwenden konnten.
Mein Müsli konnte ich aber wohl wirklich vergessen. In keinem der Regale konnte ich Milch ent-
decken.

Aber dann sah ich etwas auf dem Boden stehen,
inmitten anderer Kartonagen, das meinen Blick
magisch anzog: Dort stand laktosefreie Milch!

Ich war begeistert. Jetzt konnte ich also morgens doch mein Müsli essen. Ich fühlte mich
gleich irgendwie besser.

Jetzt brauchten wir nur noch Müsli, das schnell zu finden war und frisches Obst.

Gut bepackt schlenderten wir zurück in unser Apartment.

„Wie glücklich laktosefreie Milch doch machen kann", dachte ich auf dem Rückweg.

Damit hatte ich nicht gerechnet. Vielleicht in einem großen Supermarkt, aber nicht in einem kleinen Lebensmittelladen. Unerwartet kommt wirklich sehr unerwartet, stellte ich fest und freute mich. Manchmal muss man eben nur nach dem Unerwarteten Ausschau halten.

Tierischer Besuch

Wir waren in Südafrika. Ein sehr schönes Land, das eine Reise wert ist. Die Landschaften, die Menschen und vor allem die Tierwelt sind faszinierend. Das mussten wir immer wieder feststellen, als wir mit dem Mietwagen durch das Land reisten.

Auf unserem Reiseplan standen unterschiedliche Unterkünfte: Mal ein Hotelzimmer oder ein Apartment, aber das Highlight war eine Holzhütte mit Strohdach in einem Wildtierreservat. Inmitten dieses Reservats befand sich ein Resort, das aus einem Haupthaus mit einer großen Terrasse bestand, von der man auf einen kleinen See schauen konnte, an dem einige Wildtiere zum Trinken kamen. Das Haupthaus selbst war groß und gut eingerichtet. Es gab einen schönen aus Steinen gemauerten Kamin, die Decken und Wände wurden durch dicke dunkle Holzbalken gestützt und es gab ausreichend Sitzmöglichkeiten: Große Sofas, einladende Sessel und bequeme Stühle.

An den hier aufgestellten Tischen konnten wir unsere Mahlzeiten zu uns nehmen.

Es war Luxus pur.

Zum Schlafen mussten wir uns in eine kleinere Hütte begeben, die etwas entfernt von dem Haupthaus lag. Hierzu ging man über hölzerne

Stege vom Haupthaus weg und erreichte nach wenigen Minuten die Schlafunterkunft. Diese war auch sehr komfortabel und geschmackvoll eingerichtet. Ein großes Doppelbett, bequeme Sitzgelegenheiten und ein großes Badezimmer standen uns hier zur Verfügung. Das dunkle Holz ließ auch hier alles sehr gemütlich erscheinen und wir fühlten uns gleich willkommen.

Das Besondere an dieser Hütte war jedoch, dass wir eine kleine Terrasse hatten, auf der man sich nach den organisierten Tagesausflügen in das Reservat ausruhen konnte. Es gab sogar einen in den Boden eingelassenen kleinen Pool. Zum Schwimmen ungeeignet, aber zumindest konnte man sich zwischendurch mal abkühlen.

Unser Mietauto hatten wir an der Einfahrt des Resorts stehen lassen müssen und waren mit einem Jeep hierhergefahren worden. Das Resort selbst war mit einem hohen Holzzaun umgeben und es gab ein Eisentor, durch das wir auf das Gelände kamen. Als sich hinter uns das Eisentor schloss, fühlte es sich für einen Moment lang merkwürdig an, aber das gesamte Gelände war so groß, so dass man sich trotz der Umzäunung frei fühlte.

Wir fühlten uns jedenfalls sehr wohl, nahmen an den Ausflügen teil und sahen eine ganze Menge Tiere in freier Wildbahn: Löwen, Giraffen,

Elefanten, Impalas, Zebras etc. Es war überwältigend und beeindruckend.

Nach einem dieser Ausflüge hatten wir es uns zum Ausruhen auf unserer kleinen Terrasse bequem gemacht.

Unser Blick schweifte durch die Landschaft und blieb an einem hellbraunen Farbfleck hängen, der dicht neben unserer Terrasse hinter einem Busch zu sehen war.

Wir blieben ruhig sitzen, da wir schnell sehen konnten, dass es sich um eine Antilope handelte. Die Antilope hatte ein Jungtier bei sich.

Hier ist die Mutter mit ihrem Kind in Sicherheit vor den Löwen, sagten wir uns und freuten uns darüber, dass es dem Gespann gut ging.

Am Abend erzählten wir unserem Ranger davon und er erklärte uns, dass dieses Muttertier jedes Jahr ihren Nachwuchs hier im Resort großziehen würde.

„Wie es denn hier reingekommen?"; fragte ich. „Es ist durch das Eisentor geschlüpft, als das noch nicht ganz geschlossen war", erklärte der Ranger.

Als ich am Abend in meinem Bett lag, musste ich an die Antilope denken, die jetzt draußen sicher im Gebüsch lag. „Das Tier ist ganz schön schlau", dachte ich.

Aber dann bahnte sich ein Quergedanke bei mir einen Weg: Wenn eine Antilope durch ein noch nicht ganz geschlossenes Eisentor hindurchschlüpfen konnte, so bestimmt auch ein Löwe …

Gleich am nächsten Morgen sprach ich den Ranger wieder an und er lachte. „Nein, mach dir keine Sorgen. Wir haben Kameras am Tor. Wenn ein Löwe hier hereinkommen würde, würden wir sofort reagieren."

Die Aussage beruhigte mich, aber ich hielt es trotzdem für besser, zukünftig genauer hinzusehen, wenn etwas Braunes im Gebüsch saß. Sicher ist sicher! Einem Löwen würde ich nicht auf der Terrasse begegnen wollen. Das wäre sicher kein so schönes Urlaubserlebnis. Ich denke, das wäre dann eine Geschichte für sich, aber die würde ich vermutlich nicht mehr selbst erzählen können …

Staubsauger

Als ich gestern vor dem Haus eines Freundes auf ihn wartete, sah ich eine Frau und einen Mann auf mich zukommen, die zwei kleine Hunde spazieren führten.

Der kleinere der beiden Hunde, er hatte eine Schulterhöhe von etwa 30 cm, trug einen selbstgestrickten Maulkorb. Ich war etwas erstaunt. Sehr gefährlich sah dieser Minihund wirklich nicht aus.

Als das Paar in meiner Nähe war, fragte ich sie, ob der Hund so bissig wäre, so dass er einen Maulkorb tragen müsse. Die beiden lachten. „Nein", sagte der Mann, „er frisst nur alles, was ihm im Weg liegt." Die Frau lachte und ergänzte: „Er ist wie ein Staubsauger. Nichts ist vor ihm sicher." „Dann ist der Maulkorb sicher gut für ihn", sagte ich und musste auch lachen.

Gleichzeitig tat sich aber ein Bild vor mir auf: Ein solcher Hund in der Wohnung kann ja ganz praktisch sein. Man bräuchte nicht mehr selber den Staubsauger zur Hand zu nehmen und trotzdem wäre der Boden sauber.

Aber dann fiel mir ein, dass sich der Hund ja auch wieder entleeren muss. Und diesen speziell gefüllten Beutel müsste *ich* ja dann wieder entsorgen. Ich überlegte. Nein, vielleicht lieber doch keinen tierischen Ministaubsauger.

Mit einem richtigen Staubsauger muss ich zwar die Arbeit selber machen, aber er bellt nicht und ich erspare mir das Gassi gehen. Und füttern muss ich den Staubsauger auch nicht. Der füttert sich ja quasi alleine, sobald er am Strom angeschlossen ist.

Bespaßung

In der U-Bahn saß eine Mutter mit einem Baby auf dem Schoss. Das kleine Kind war sehr aktiv, stellte sich mal auf den Schoss der Mutter, dann setzte es sich wieder hin, drehte den Körper nach rechts, dann wieder nach links, um sich dann wieder nach vorne zu beugen, bevor es sich wieder aufrichtete oder in die Knie ging.

Das Schöne war, dass das Baby hierbei zu den Mitfahrenden Blickkontakt aufnahm und wenn es eine Reaktion der anderen bekam, quiekte es vergnügt und lachte.

Die Reisenden ließen sich schnell auf das Spiel mit dem Baby ein. Manche Fahrgäste lächelten, manche nickten mit dem Kopf, es gab auch Fahrgäste, die dem Baby zuwinkten oder kurz die Maske runterzogen, um lustige Grimassen zu ziehen.

Irgendwie unterhielt das Baby einen großen Teil der Leute und die Stimmung im U-Bahnwagen war sehr locker und entspannt. Erstaunlich, wie man das auch so spüren kann. Das Baby zog uns alle in seinen Unterhaltungsbann.

Doch dann drehte sich ein Mann zu dem Baby um, der zuvor eher teilnahmslos gewesen war. Er wollte sich scheinbar auch an dem Spaß beteiligen. Er schaute dem Kind, das nicht so weit von ihm entfernt war, direkt ins Gesicht und lachte. Das Baby verstummte, erstarrte, verzog das Gesicht, schrie und begann zu weinen.

Keine Ahnung, was passiert war. Vielleicht hatte sich das Kind nur erschreckt, aber die Stimmung in dem U-Bahnwagen kippte sofort und plötzlich zog sich jeder wieder in seinen persönlichen Kokon zurück. Niemand beachtete mehr das Baby, das nun wieder auf dem Schoss der Mutter saß und weinte.

Das Spiel war vorbei und das spürten alle.

Der Mensch ist manchmal ein sehr wechselhaftes Wesen. Schade, dass sich die gute Stimmung in dem U-Bahnwagen nicht trotzdem gehalten hat. Aber vielleicht tat allen das weinende Baby leid. Wer weiß das schon.

Das Dankeschön

Liebe Leserinnen, liebe Leser,

danke schön, dass ihr mir eure Lesetreue haltet und in Gesprächen auch immer wieder erwähnt, wie gern ihr meine Kurzgeschichten gelesen habt. Noch mehr freue ich mich natürlich über die Nachfragen, wann es etwas Neues zu lesen gibt.

Jetzt ist also Band IV von Kurts Kurzgeschichten erschienen und ich hoffe, ihr habt/hattet viel Spaß beim Lesen.

Darüber würde ich mich sehr freuen.

Vielen Dank an alle. Schön, dass es euch gibt!

Und hier noch das Kleingedruckte

Es lag und liegt mir fern, einem Menschen zu nahe zu treten oder bloßzustellen oder zu blamieren. Sollte das in diesem oder einem anderen Band geschehen sein, bitte ich um Entschuldigung. Es steckt keine böse Absicht dahinter! Meine Geschichten sind, soweit mir das möglich war, geschlechtsneutral gehalten, aber das lässt sich leider nicht immer einhalten. Auch hier steckt keine böse Absicht des Ausschließens oder der Ignoranz dahinter. Alle Geschichten haben sich vom Grunde her so abgespielt, wie ich sie niedergeschrieben habe, aber meiner schriftstellerischen Phantasie musste ich hin und wieder nachgeben, um die ein oder andere Geschichte „runder" zu machen. Rechtschreibfehler oder Ähnliches, bitte ich, zu entschuldigen.

Bisher sind bei BoD erschienen:

Verschmitzte Weihnachten
ISBN 9783746032986
(Zweitauflage des ehemals grünen Buches)

Verschmitzte Weihnachten I
ISBN 9783748109686
(Zweitauflage des ehemals roten Buches)

Verschmitzte Weihnachten III
ISBN 9783746034461
(Zweitauflage des ehemals blauen Buches)

Tierische Weihnachten
ISBN 9783744888493

Kurts Kurzgeschichten
Alltägliche Kurzgeschichten aus der Großstadt
ISBN 9783746090344

Kurts Kurzgeschichten Band II
ISBN 9783749456642

Kurts Kurzgeschichten Band III
ISBN 9783753460147

Wie Walther sein *h* verlor
ISBN 9783752642155

Alle Bücher sind auch als E-Books erhältlich.

Webseite

www.verschmitzte-weihnachten.de

Mailanschriften

verschmitzte-weihnachten@web.de

kurt-schmitz@kurts-kurzgeschichten.de

Bibliografische Information der Deutschen Nationalbibliothek: Die Deutsche Nationalbibliothek ver-
zeichnet diese Publikation in der Deutschen Natio-
nalbibliografie; detaillierte bibliografische Daten sind
im Internet über http://dnb.dnb.de abrufbar.

Herstellung und Verlag:
BoD – Books on Demand, Norderstedt

ISBN 9783756857722